# Les Habits neufs de l'empereur

**Guy Prunier** raconte et chante **Andersen**
Sur des musiques de **Gilles Pauget** et **Jean-Christophe Treille**
Illustrations de **Fabrice Turrier**

Didier Jeunesse

*Il* était une fois un roi qui aimait les glaces. Il faisait même parfois du lèche-vitrines. Mais ce qu'il préférait, ce roi, c'était surtout s'arrêter, se regarder, s'admirer devant le miroir.

CD
2

**C**'était le roi le plus gracieux, le plus élégant, le plus coquet que l'on ait jamais vu.
Il changeait de costume quarante fois par jour.
Et dans les armoires de son palais, disait la rumeur, il y avait au moins

**200** paires de chaussettes, **400** cravates,

**3 000** liquettes, **5 000** savates,

**100 000** pantalons

et des caleçons, peut-être bien un **million** !

Or dans ce pays, il y avait aussi deux filous, deux brigands,
qui avaient envie de gagner beaucoup d'argent.
Et ces deux voyous eurent l'idée de se déguiser en marchands de tissus
et de s'installer sur la grande place devant le palais du roi coquet.

– Regardez, braves gens ! Regardez nos tissus extravagants !
C'est de la soie, c'est du coton, c'est du lin, du tartan d'écosse...
Et ce camelin d'Orient, et ce bougran, et ce camocas, et ce satin...
Ce satin, regardez donc ! Elle est pas belle ma satinette, elle est pas fraîche ?
Et ce crépon gaufré ! Oui mais, messieurs dames, ce que vous voyez ici n'est rien
à côté de ce que vous pourriez voir ! Car nous avons rapporté, au cours de nos voyages
dans les contrées les plus lointaines, un secret :
le secret du tissu invisible pour les imbéciles !

Oui, je le dis bien : un tissu que seuls les gens intelligents peuvent voir !
Mais nous n'en avons plus, nous avons tout vendu.
Cependant, s'il se trouve parmi vous quelqu'un qui soit assez intelligent
et assez riche pour nous commander ce tissu, nous pourrions
bien sûr le tisser, le fabriquer immédiatement.

– Moi ! Moi ! dit le roi qui était à sa fenêtre. Je veux de ce tissu-là !
Un tissu invisible pour les imbéciles, j'ai envie de voir ça, moi.
Eh messieurs les artisans, ne partez pas !
Venez dans mon palais, je vous invite.

*Et* c'est ainsi que les deux filous, invités par le roi,
reçurent beaucoup d'or et d'argent :
– *Vous comprenez, Majesté, le fil de soie qu'il nous faut,
pour faire ce tissu extraordinaire,*
est *un fil si fin, si rare, qui coûte si cher...*
*Pour l'acheter, pour nous le procurer, il nous faut de l'or,
beaucoup d'or, beaucoup d'argent, vous comprenez ?*

Reçurent de l'or et de l'argent, les deux voyous, et installèrent leur atelier dans une grande salle du palais.
Ils se mirent au travail, travaillèrent jour et nuit.

Sur le métier à tisser le tissu, il n'y avait **pas le moindre fil,**
mais ça ne les empêchait pas de travailler, les deux voyous, de faire semblant !

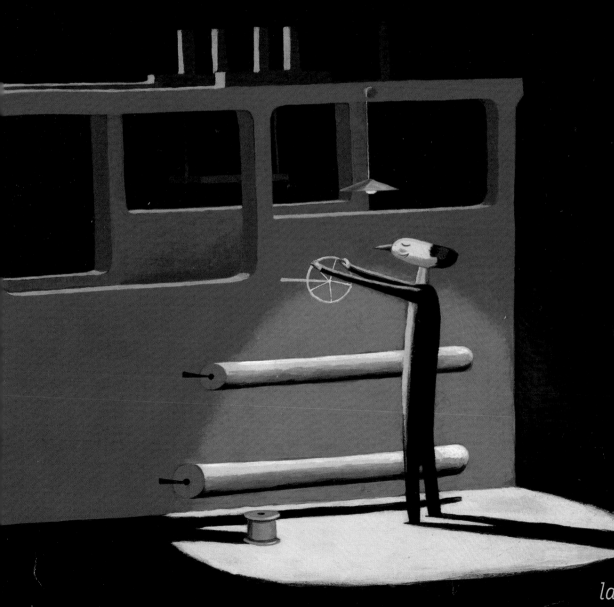

" 
*Mettons la cannette*
*dedans la navette*
*Lançons la navette*
*1 2 3 pédalons*
*Poussons le peigne*
*Tirons le peigne*
*Lançons la cannette à nouveau*
[bis]

*Fil à fil les deux filous*
*filaient du vent et filaient doux*
*Ils filaient sans philosopher*
*de faux fils en vérité*
*Fripons qui tissent pour le roi*
*de beaux tissus qu'on ne voit pas*
*Défi du fil à tisser*
*pour Sa Grande Majesté*
*Un vrai tissu de mensonges*
*se faufile dans le songe*
*Intelligent, imbécile*
**la vérité ne tient qu'à un fil**

"

*L*roi était impatient d'admirer le travail des tisserands
mais avant il avait envie de savoir si son ministre était un imbécile.

CD 4
*– Ministre ! Allez voir si nos deux artisans ont achevé leur tissu.*
*– Majesté, j'y vais immédiatement...*
Le ministre descendit l'escalier qui menait à l'atelier, poussa la porte de l'atelier,
regarda devant lui, mais sur le métier à tisser, le ministre ne vit... RIEN !
Pas le moindre fil, pas le moindre tissu.

Alors le ministre se dit en lui-même :
*– Oh ! Je ne vois rien du tout. Si je dis, si j'avoue que je ne vois rien du tout, j'aurai l'air d'un idiot.*
*Ah ! Je les entends déjà, les autres, qui se moqueront de moi :*
*« Le ministre est un sot, c'est un imbécile. Il n'a pas vu le tissu. »*
*Non ! Je ne veux pas qu'on se moque de moi.*
*Mais si je mens, je m'en tire. Autant mentir et dire que le tissu est beau.*

Et le ministre a menti, et il a dit :

**"** *Oh ! Mon Dieu comme il est beau*
*C'est le plus beau tissu*
*Que l'on ait jamais vu.*
*Ah ! La belle étoffe que voilà...*
*Ses couleurs, son éclat raviront notre roi.* **"**

*– Beau, très très beau, j'en parlerai au roi ! Je vais en parler tout de suite à Sa Majesté.*
*Majesté ! Le tissu est vraiment... extraordinaire.*
*Vous devriez aller le contempler vous-même.*
*– J'irai... Mais avant, je voudrais savoir si mes courtisans sont des imbéc...*
*Je voudrais consulter mes courtisans.*

courtisans du roi descendirent le grand escalier qui menait à l'atelier,
poussèrent la porte, regardèrent devant eux,
mais sur le métier à tisser, ils ne virent... RIEN !

CD
5

Pas le moindre fil, pas le moindre tissu.

Alors chacun se dit en lui-même :
– *Oh ! Je ne vois rien du tout. Si je dis, si j'avoue, j'aurai l'air d'un idiot.*
*Ah ! Je les entends déjà qui se moqueront de moi.*
*Mais si je mens, je m'en tire. Autant mentir et dire que le tissu est beau.*

Et les courtisans ont menti, et ils ont dit :

“
*Oh ! Mon Dieu comme il est beau*

*C'est le plus beau tissu*

*Que l'on ait jamais vu.*

*Ah ! La belle étoffe que voilà...*

*Ses couleurs, son éclat raviront notre roi*
”

[bis]

– Majesté ! Le tissu est terminé. Les tisserands vous attendent !
*Vous allez voir... ce que vous allez voir !*
– Bien ! Faites savoir aux tisserands que le roi, Sa Majesté,
*moi, vient leur rendre visite.*
*Le roi, c'est moi.*

*L*e roi descend les marches qui mènent à l'atelier.
Il pousse la porte, regarde devant lui, mais sur le métier à tisser,
il ne voit... RIEN !

– *Alors je ne vois rien, c'est que je suis un imbécile...*
*On croit que ça n'arrive qu'aux autres, et un jour on se rend compte qu'on est idiot.*
*C'est triste quand même...*
*Mais si mon peuple apprend que je suis un imbécile, il ne voudra plus de moi comme roi.*
*Et roi, moi je fais ça depuis tout petit, je ne sais rien faire d'autre.*
*Ah non ! Je ne veux pas être détrôné, je ne veux pas être renvoyé, je veux rester roi.*
*Mais si je mens, je m'en tire. Autant mentir et dire que le tissu est beau.*

Et le roi a menti :
– *Oh ! Oh ! Que le tissu est beau ! Je suis fier de vous, les artisans !*
*Vraiment, c'est réussi et vous aurez de l'or encore.*
*Oh ! Il est magnifique ! Les reflets sont extraordinaires !*

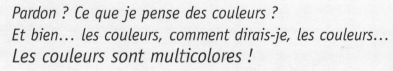

*Pardon ? Ce que je pense des couleurs ?*
*Et bien... les couleurs, comment dirais-je, les couleurs...*
*Les couleurs sont multicolores !*

*Oh ! Écoutez, ce tissu est tellement beau, que vous allez*
*me tailler un costume dedans pour mon défilé de samedi.*
*Pardon ? Il faut prendre les mesures ?*
*Un roi doit toujours prendre des mesures !*
*Comment ? Vous voulez vous mesurer à moi ? !*

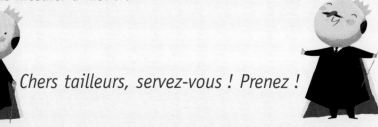

*Ah ! Vous voulez me mesurer, bien sûr.*

*Chers tailleurs, servez-vous ! Prenez !*

CD 6

" Il nous faut mesurer Votre Majesté

Faire le tour de votre grandeur

De haut en bas, de la tête aux pieds

Mesurer vos largeurs

Tour de taille et taille du tout

De la mesure avant tout

Tour de cou, tour de bidon

Trois p'tits tours et puis s'en vont

Rond de jambe, tour de ceinture

C'est un tour à votre mesure

Il nous faut mesurer Votre Majesté

Faire le tour de votre grandeur

De haut en bas, de la tête aux pieds

Mesurer vos largeurs

Demi-tour et tour de col

Tour de tête, tour de parole

Il nous faut votre pointure

Pour les gants et les chaussures

Mesurons sans détour

Tour à tour, tous vos atours ! "

– Je compte sur vous... Que ce costume soit prêt pour samedi !
Alors, à samedi !

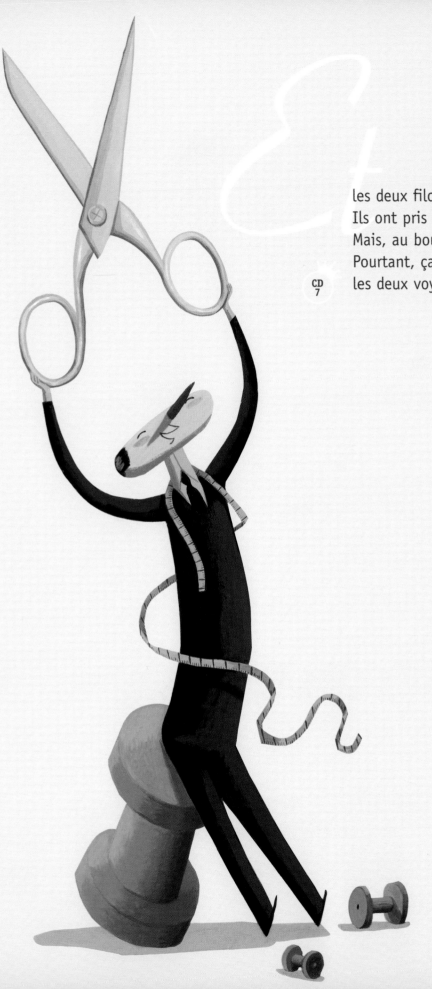

les deux filous ont saisi leurs ciseaux, ont coupé, ont taillé.
Ils ont pris leurs aiguilles et ils ont cousu.
Mais, au bout des aiguilles, il n'y avait pas le moindre fil.
Pourtant, ça ne les empêchait pas de travailler,
les deux voyous, de faire semblant.

**"**  *Coupons droit le coupon*
*et faisons attention...*
*Suivons bien le patron*
*1 2 3 et cousons*
*Mettons le dé*
*au bout du doigt*
*Sinon l'aiguille*
*nous piquera*
*Coupons droit le coupon*
*et faisons attention...*
*Suivons bien le patron*
*1 2 3 et cousons*

Fil à fil les deux filous
filaient du vent et filaient doux
Ils filaient sans philosopher
de faux fils en vérité
Fripons qui cousent pour le roi
de belles fripes qu'on ne voit pas
Défi du fil à broder
pour le grand défilé
Un vrai tissu de mensonges
se faufile dans le songe
Intelligent, imbécile
**la vérité ne tient qu'à un fil** „

ajesté, votre costume est terminé !

CD
8 – Oh ! Comme ce costume est beau...
Je peux essayer la veste ?
Très bien, légère comme tout.
Le pantalon ?
Parfait, je le sens à peine.
J'ai même l'impression qu'il me grandit un peu, non, vous ne trouvez pas ?
La traîne ! Vous là-bas, les deux soldats, pouvez-vous me prendre la traîne ?
Les imbéciles ! Ils ne voient pas la traîne qui traîne derrière moi.
Enfin, derrière un roi, il y a toujours une traîne...
Pas une reine ! Une traîne qui traîne...
Vous prenez la traîne, pas la reine, la traîne et vous me suivez dans la...
Non, pas dans l'arène, dans la rue !
Ça y est, nous défilons.
Il est très très beau ce costume !

Allons, défilons dans la rue,
c'est à nous ! Le roi !

c'est ainsi que le roi, suivi du ministre et des courtisans, sortit.

Et là, dans la rue, le peuple l'attendait. Chacun, sur son passage, se disait en lui-même :

– *Mon Dieu, je ne vois rien du tout, mais si j'avoue que je ne vois rien,*
*je passerai pour un idiot. Alors moi, j'dis rien !*

CD
9

Les pères se disaient :
– *Si j'avoue que je ne vois rien du tout, mes enfants me prendront pour un imbécile.*
*Alors taisons-nous !*

Les maîtres, les professeurs, les maîtresses se disaient :
– *Si j'avoue que je ne vois rien du tout, mes élèves me prendront pour une...*
*Ah non, je ne dis rien !*

Les employés se disaient :
– *Si j'avoue que je ne vois rien du tout, mon patron me prendra pour un incapable et il me renverra.*
*Non... Je ne veux pas être renvoyé, par les temps qui courent, je veux garder mon travail.*
*Alors si je mens, je m'en tire. Autant mentir et dire que le tissu est beau.*

Et pour se sauver, le peuple se mit à mentir en chœur :

*Oh ! Mon Dieu !*
*[Pour dire comm' les voisins]*
*C'est le plus beau tissu brodé de satin*
*[Ah ! Mentir pour paraître malin]*
*Comme notre roi est fier, si fier...*
*Oh ! Mon Dieu comme il est beau*
*C'est le plus beau tissu que l'on ait jamais vu*
*Ah ! La belle étoffe que voilà...*
*Comme notre roi est fier dans son habit de lumière*

ais dans la foule, un enfant s'écrie :

*– Mais, maman, maman, regarde ! Le roi est tout nu !*

*– Chut ! Tais-toi donc ! T'es bien l'fils à ton père.*

*– Quoi ? Je dis ce que je vois ! Le roi est tout nu ! Le roi est tout nu !*

Et le père murmure :

*– Mon fils n'a pas tort, moi, je ne vois rien non plus !*

*– Ni moi, dit une maîtresse.*

*– Eh ! Patron ! Vous voyez quelque chose, vous ?*

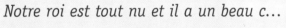

> *Oh ! Mon Dieu, c'est rigolo*
> *Notre roi est tout nu...*
> *Ça ne s'était jamais vu !*
> *Oh ! Mon Dieu, c'est rigolo*
> *Notre roi est tout nu et il a un beau c...*
>
> [bis]

ais, dis-moi, ministre, j'entends mon peuple qui murmure. Mais, que dit mon peuple ?
– Majesté, votre peuple dit que vous avez un beau c..., un beau costume, voilà.

– Mais non, j'entends mon peuple qui murmure. Que dit mon peuple ?
Ah ! Ah ! Ah ! Mon peuple n'a pas vu le costume. Ce sont des imbéciles !
Ça fait du bien de savoir que je ne suis pas le seul imbécile dans ce pays.
Je suis le roi imbécile heureux d'une bande d'idiots !
Oui, mais, si personne ne voit le costume, c'est peut-être qu'il n'y a pas de costume,
que le tissu n'existe pas, et que nous sommes tous intelligents...
Oh ! C'est encore mieux ! Oui, mais alors...

c'est que je suis *tout nu !*

*Il* ne restait plus au roi que sa couronne et sa fierté.
Et comme seuls les rois savent le faire,
et parfois aussi les pères,
les maîtresses et les employés,

il s'est drapé dans sa fierté et il est rentré au palais.

# Au fil de soi

CD
11

**refrain :**
C'est un drôle de métier
Que l'métier à tisser
Le fil de ses pensées,
Sur une trame empruntée
Aux gens du temps passé,
Ancêtres oubliés,
Donnant un peu de soie
Qui n'soit pas que pour soi. } [bis]

Hier j'ai fait une histoire
Avec le fil des jours,
Légère comme un foulard
Et douce comme du velours.
Demain au coin du feu
Quand je serai bien vieux,
Avec le fil du temps
J'écrirai un roman.

Et si je perds le fil
Si la vie se défile,
J'agiterai une histoire
En guise d'au revoir.
Pénélope courtisée
En attendant Ulysse,
Au fil de l'Odyssée
Sauve son âme et tisse.

[refrain]

Sur le fil d'un rasoir
Funambule je m'affole,
Mais ne perds pas espoir
Quand mes jambes flageolent,
Car je sors un violon

Invente une chanson,
Et m'envole en musique,
Sur un fil harmonique.

Avec un beau fil blanc
Cousu sur mon récit,
Je voulais pour maman
Écrire une poésie.
Avec un fil amant
Et avec Philomène,
J'ai fait finalement
Le plus chaud des poèmes.

[refrain]

Croiser ses émotions
Aux émotions des autres,
Étoffer l'ordinaire
En créant ses motifs,
Et faire, à sa manière,
En choisissant ses mots,
Un nouvel assemblage
Qu'on donne en héritage.

De passé en présent
De foule en solitude,
Une toile se tend
Qui va du nord au sud,
Un filet, un tissu,
La voile des possibles,
Faite de fils ténus
Et de cordes sensibles.

[refrain]